夜明けの先に待つものは
ひかりかどうかわからないけど

秋生 苑

目次

なんにもわかりませんバッジ 5
ドンピーへ愛を込めて 10
あの朝日 13
ビバ、町中華。 17
りょうくん 21
東京 - sideA 24
立ち尽くす女 27
二十四歳緑化計画 29
東京 - sideB 33

綺羅星で居てくれよ　34
暮れの雑記　37
いちご氷の牛乳がけ　39
あとがき　44
生活へつづく　46

なんにもわかりませんバッジ

接客業ができない。

これまで就いた接客の仕事はどれも三日、長くて一週間で辞めている。スーパーのレジ打ち。品出し。喫茶店のホール。まだあったような気がするが思い出せない。

品出しバイトをしていた頃の話。

そこは、接客メインではないし、まあ出来るだろうと軽い気持ちで応募したグロサリーストアだった。

でも実際は話しかけられているスタッフを見かけることも多く、その姿を見るだけでバグを起こしたように緊張してしまい、三袋入りの海苔パックを引き破ってひとつずつ陳列したりしながら仕事をしていた。

フロアの知識が何も無かった頃、売り場の店員が私一人だった時があった。普段なら他のスタッフに確認ができるのだが、その時はその場で一人で対応するしかなかった。絶体絶命。

心の中で、誰も何も聞くなと唱えながら品出しをしていた時。

「あの～」

「はい」（無駄に愛想は良く）

「○○ってメーカーの○○ありますか？」

「（きた）えぇ、少々お待ちください（涙）。」と言い、半泣きになりながらフロア中駆け回ってなんとか商品を探した。


文章に起こすと大したことはないように思えるが、現実ではほぼパニックを起こしながらフロアを駆け回る私がいる。何気ないやりとりなのに、これが本当に苦手だ。

何を聞かれるのか、答えられるだろうか、と常に神経を尖らせながら仕事をするのがとにかく苦痛だ。

分からなければその場で教えてもらえば良いのだけれど、どうしても客を待たせてしまっている、迷惑をかけているという強迫観念が消えない。

「人から尋ねられたことは即座に、検索機のように答えられなければならない」という自ら生み出したプレッシャーがある。

勿論私が客として店を利用する時、店員に対してそんな事は一切感じない。例え急いでいたとしてもそれはこちら側の都合である。

それでも自分が店員の立場になった時、やはり物凄いプレッシャーを感じてしまう。

結局そこもすぐに辞めた。

きっと仕事を覚えたり、理解してくると問題なくこなせるんだと思う。でもどうしても、その覚えるまでの時間に耐えることができない。

「わたしはなんにもわかりませんバッジ」とかあればいいのに。「新人なのでお時間いただきますバッジ」でもいい。

そういう配慮が、働く側の人間にも有れば良いのになと思う。

いつだったか、どこかの飲食店ではスタッフの名札を、習熟度に合わせて色分けしているという記事を見たことがある。

一目見ただけでスタッフの業務の習熟度合いが分かるというものだ。あれは非常に画期的なシステムだと思う。なんてやさしいんだ。あのシステムが普及すれば、もっとできる仕事が増えるのかなあなんて思っている。

かくいう私は今何の仕事をしているかというと、ホテルの客室清掃員として働いている。清掃業はこれまで幾つか経験してきたけれど、これは割と向いているなあと思いながら仕事ができている。

接客の必要もなく、個人プレーの仕事なので自分のペースで取り組むことができる。一日のノルマはあるが、やり方が身につけば自然とスピードも上がる。仕事を覚えている時間に、誰かを待たせることもない。やはり自分には、対物の仕事が向いていると思う。

もし接客が出来たなら、ミニシアターのスタッフか書店員になりたかった。

いつか、なんにもわかりませんバッジが普及したときには、また考えてみようか。

ドンピーへ愛を込めて

好きだった古い喫茶店は、都市開発の立ち退き対象となり今月末で店を閉めるらしい。

店主のおばちゃんは、店の隅の狭いテーブル席を好んで座る私に「広いとこじゃなくていいの」と笑顔で聞く。「ここがいいです」といつものやりとり。

注文するのは三五〇円の珈琲。

「ブラックで良かったっけ?」

「はい、お願いします」

未だに喫煙可能でありがたい。

FMラジオのパーソナリティーの声が響く。

壁には海外の女性がプリントされた色褪せたポスター。

京都に越してきてもう何度もこの店に足を運んでいるが、寂しくなったら必ず訪れる場所だった。


あまり人と話すのが得意ではない。

そんな私だが、おばちゃんとは心地いい距離感で会話ができる。

はじめて来た時からそう。


ひとつひとつ大切なものが消えていく感覚がある。最近別れが続いている。

忘れたくないものは日々、手のなかをすごい速さですり抜けていく。いつまで掴んでいられるだろう。


それでも続いてしまう生活。

誰にも止めることはできないけれど。

その先でまたぼくら、きっと会えるよ。

あの朝日

　ちょうど一年前の今頃、わたしは大きなショッピングモールの清掃員として働いていた。

　大学卒業後に就いた福祉の仕事を三ヶ月で辞め、いくつかアルバイトを転々とした後に流れ着いた場所だった。

　わたしの仕事は、施設内のトイレと共用部の清掃だった。開店前のまだ真っ暗な施設内を、掃除用具の入ったカートを押しながら歩く。あの独特な空気感はなんだろう。清掃は基本的にひとりで行い、一人ひとり別のフロアが割り振られる。誰とも関わらずにできる仕事がいいと清掃員を望んだけれど、暗い施設内をひとりきりで作業していくのが、当時は心細かった。

あまり治安の良い職場ではなかった。

家庭ゴミが大量に捨てられていたり、壁に酷い落書きがされているのも多々見つけた。嫌な気持ちになることが多い仕事だ。

なかでもいちばん嫌だった仕事は、清掃後に集めてきたゴミを手で仕分けする作業だった。

大まかに分けるだけだが、ジュースの飲み残しや食べ残し、煙草の吸い殻などがドロドロに混ざりあった袋に直接手を入れ、移し替えていく作業がとてもつらかった。無心でやるしかなかったけれど、思い出すだけでも、ああすごく嫌だったな。

そんな仕事の朝礼は、朝七時に始まる。毎朝五時半に起きる生活だった。その時期は秋から冬に差し掛かるころで、朝目を覚ましてもまだ外は暗かった。

六時過ぎに家を出る。

人通りも車も少ない、まだ人が動き出す前の時間。家の前の大通りを信号無視で横切る。朝の風は日毎にひんやりとしてくる。途中で必ずすれ違うおばさん二人組。土日だけ見かける、あのランニングのお兄さんがわたしを追い越していく。

そしていつもあの歩道橋の上で、ちょうど登ってくる朝日を見た。京都タワーの向こうに見える朝焼けはただ綺麗で、一瞬だけ足を止める。仕事は嫌だったけれど、あの光を見るのは好きだった。

この曲を当時、通勤中にずっと聴いていた。この曲を聴きながら毎朝おばさんたちとすれ違い、つめたくなる風を感じ、朝焼けを見た。音楽は不思議だ。全て思い出す。

結局冬に入る頃、わたしはその仕事を辞めた。鬱病の人間にとって冬はいちばん厳しい季節だ。朝が起きられなくなり、欠勤が増えた。生活はままならなくなり、離れて暮らす家族には、もうだめかもしれないごめんとだけ伝えた。

そう伝えると家族は、暫くこっちで休め、とだけ言ってくれた。

だからわたしは、まだ京都の冬を知らない。

寒さは厳しいけれど、きっと楽しいこともあるよなんて思いたい。ちょっとくらい浮かれたい。今年はここで、冬を過ごせたらいい。

ビバ、町中華。

町中華が好きだ。
私は今京都に住んで二年目になるのだけれど、この街には小さな中華料理屋が多い。
その中でも特に東山エリアには良い店が多いような気がしている。

今日は、愛すべき町中華について。

まずはマルシン飯店。
十一時～翌朝六時迄という脅威の十九時間スタミナ営業。
有名店なので割と並ぶのだけれど、食べてみると有名な理由が分かる。
名物は、あんが皿から溢れそうなくらいなみなみに注がれている、湖みたいな天津飯だ。

ご飯と卵が全方位、もったりとしたあんにコーティングされている。どこを食べても卵とあんをバランスよく感じることができる。完璧だ。もはや芸術品。あのあんに溺れたい。あの湖を泳ぎたい。

非常にお腹が膨らむ食べ物なんだけれども、これがうまいんだなあ。

それから東北家。

茄子爆破、みたいな名前のメニューがある。これはかなりインパクトがある料理だ。細切りにした茄子を油で揚げていて、山椒と唐辛子が効いた味付けになっている。

この茄子がひたすらに油を吸いまくっていて、噛めば噛むほど油が染み出る。半分くらい食べると、いま一体自分達は茄子を食べているのか、油を食べているのか分からなくなる。それくらい油、油、油。

ひとりで一皿食べるのはかなりしんどいので、友達と行った時に注文するようにしている。一度食べるともうしばらく見たくないと思うのだが、忘れた頃にまた食べたくなってしまうような、そんな悪魔的料理。

京都の中華は名店が多い。

だかしかし私的ナンバーワンは圧倒的、龍門だ。

龍門はすごい。まず店員から違う。

いつ行っても、大体厨房から中国語の怒号が聞こえる。これが何だかめちゃくちゃに好きだ。

いつも店員のやる気がない。「いらっしゃいませ」の声は私たちを全く歓迎していない。

そして店内の冷房は効きすぎている。真夏でも極寒だ。

良い、非常に良い。

外国人がだるそうに経営している店が好きだ。そういう店の料理に間違いはない。

そして龍門も例に漏れず、抜群にうまい。

その中でも私は卵とトマトの炒めものが大好きで、行くたび毎回注文する。

もともと卵は甘めの味付けが好みなのだが、この店の味付けはとても良い。かなり甘めに味付けされた卵の中に、少しの酸味を感じる。箸が止まらずビールも進んでしまう。

料理のビジュアルも良い。鮮やかな黄色をした卵はつやつやと輝いている。かわいい。キーホルダーにして身につけたい。毎日でも食べたい。

暑さが厳しかった京都は、九月に入り随分と落ち着いてきた。これから散歩に丁度いい季節になる。

散歩がてら、新たな店を開拓したい。

随時散歩メンバー、町中華開拓員募集中です。

りょうくん

りょうくんは私の昔の恋人だ。変な人だった。

私とりょうくんはネットで知り合った。お互い気が向いた時に日記を送り合ったり、なんか生きにくいね、なんてことをこぼしあったりしていた。顔も名前も知らず、文字だけのやりとりだけだったので、実際に会うまで本当に存在しているのかさえも良く分からなかった。

初めて会ったのは、五月のある夜だった。

私は夜の散歩をしながら日記を送ると、バイト終わりの彼から、今から会いませんかと返信が来た。

近くの喫煙所で待ち合わせをし、お互い煙草を一本吸って、それからコンビニで飲み物を買って公園に移動した。

その時の私は毎日毎日飽きもせず死ぬことについて考えていて、彼にもその話をひたすらしていた。鬱陶しがることもなく、うんうん、僕もわかる、とよく話を聞いてくれた。

そして初めて名前を聞いた時、「本当に存在してたんですね」と呟くと、嬉しそうに笑っていた。

その公園は水族館と隣接しているためとても広く、大きな芝生もあった。その夜は雨上がりで、芝は濡れていて少し寒かったけれど、途中から話が面白くなった私たちは、お構いなしに芝生の上に寝そべった。

深い青色の空に、白い星がいくつもぴかぴか輝いていた。

「なんか漫画みたいだね」

「こんなことってあるんだね」

きっとあの時、私たちは世界でいちばん平和な場所にいた。それが私とりょうくんの始まりだった。


りょうくんは私と出会う前、よく大麻を吸っていた。「地元、本当に何も無くてさぁ暇だったから」らしい。映画では良く見るし、死ぬまでに一回は経験してもいいなと思ったこともあるけれど、実際に近しい人が吸っていると知ると少しビビってしまう。

力技でも願いを叶えてくることで有名な、縁切り神社にお願いをしに行った。「りょうくんが大麻と縁を切れますように」

その数日後、私とりょうくんの縁が切れた。神様はどうやら切るところを間違えたらしい。

変な人だった。インドの強い煙草しか吸わず、いつも口の中を血だらけにしていた。噂によるとその煙草は、大麻の匂い消しとして有名らしかった。何にでもマヨネーズをかけて食べていた。警察からよく職務質問を受けていた。仕事前には鏡の前で朝から一人ファッションショーを始め、全て散らかして出ていった。もうなんだか、思い出すと全部面白かった。

私は別れると一切の関わりを断ってしまうので、もういま彼がどんな生活を送っているのか全く分からない。連絡先や住んでいる所も知らず、共通の友人も居ない。彼が私の生活の中に在ったと証明するものはもう何もないのだ。

でも多分それでいい。たまに思い出して、ちょっと一人で笑う。そしていつか本当に思い出さなくなる日がくる。その日までの期限つきの思い出である。

東京－sideA

その日、私は早朝の新幹線で東京へ向かった。平日朝七時前の京都駅のホームには、スーツ姿のサラリーマンや、キャリーケースを引く旅行客の姿がちらほら見える。十一月の朝は肌寒い。薄手のコートを羽織ってきて正解だった。

自由席の車両に乗り込むと、新幹線は定刻通り発車した。

車窓からびゅんびゅんと流れていく景色を眺めるのが好きだ。前日は雨だった。重く垂れ込めた雨雲は過ぎ去り、いま雲の切れ間からは淡い光が差し込んでいる。早朝の街の輪郭はぼやけ、霧のせいか遠くに見える山々は、白く霞んでいる。幻想的なそれらはひどく私を切なくさせた。いい旅になる、そんな予感がした。

旅の目的は、東京国際映画祭でのとある監督の出品作品を観に行くことだった。大学入学前まで、映画など年に一本観るかどうかという程度だったのに、この数年で、世界中のあらゆる年代の作品に関心を持つようになった。まさか自分が、映画を観るためだけに東京に行く日が来るとは思わなかった。

会場であった銀座の映画館は、その監督作をお目当てに多くの人が集まっており、海外からの観客の姿も見られた。上映された作品は勿論素晴らしかったし、何より劇場公開がほぼされていない監督なので、映画館で観るという体験ができ感無量だった。

ほくほくした気持ちで会場を後にした私は、軽い足取りで神田へ向かう。ちょうど古本まつりの期間中で、一直線に伸びた歩道の上には、ずらりとラックがどこまでも続いていた。どの棚を見ようにも人、人、人。ひっきりなしに人が入れ替わり立ち替わる。ものすごい賑わいぶりだ。書店ごとに特化したジャンルがあり、特に映画関係の書籍をまとめたコーナーは興味深く、じっくりと見入ってしまった。

神田は古書店街だが、検索で唯一見つけた古着屋があった。

向かう道中、偶然見かけた古いポルノＤＶＤショップに入ると、映画祭で観た監督の廃盤DVDが破格で売られていた。ツイている。こういう店に、私は割と良く入る。というのも、通常の映画DVDやVHSが売られていることも多く、そして意外と掘り出し物に出会えたりする。天井まで積み上げられた膨大な量のポルノに「すげー」と思いつつ、無事購入する事ができた。

旅の最後に立ち寄った古着屋の店主は、とても気さくな人だった。ファッションのこと、生活のこと、仕事のこと。初めて会ったはずなのに、じっくりと話し込んでしまった。文章で生きていきたいという話をすると、作品を作ったら持ってきてよ、うちに置くよ、なんて言葉をかけてくれた。購入したニットは値引してくれたうえ、これで帰りに珈琲でもと珈琲代までくれた。

人付き合いは苦手だと思っていた。それでも、私は人と話をすることがとても好きらしい。

ずっと一人を好んできたけれど、誰かと関わるということはこんなにもうれしい。

六年ぶりに訪れた東京は、とても人間らしい街に見えた。

立ち尽くす女

電球が切れた。最後に一瞬光ってみせたのは昨夜遅くだった。かち、とスイッチを入れると一瞬暗闇の中に眩い閃光が走り、私は驚いて小さく声を上げた。しかしそれきり、部屋は真暗なままだ。何度かスイッチを切り替えてみるも一向に灯る気配はない。完全に切れた。この家で生活してもうすぐ二年になるが、はじめて電球を替える。

私には変な癖がある。それは調味料やシャンプー、電球など、使い切るまで時間がかかるものを購入した際、それが切れた時の未来の私の状況を想像してしまうことである。調味料やシャンプーはまだ割と近い未来、ほんの数ヶ月後のことだけれど、電球の買い替えは数年後になる。電気屋で新品の電球を手に取る時、私は次の買い替え時の私について考える。今の家に住み続けているのか、そもそも私は買い替えに立ち会えているのだろうか？　そういえば前の下宿先で交換した蛍光灯たちは、新しい住人と仲良くやっているだろうか。文章で生計はたっているのか、お金はあるのか、恋人はいるのか、結婚したのか、はたまた生きているのか死んでいるのか等。電球の箱を眺めているように見えて実際は、目の前に立ちはだかる厳しい二十四歳の現実を直視しているのである。明日、電気屋で電球片手に立ち尽くしている女を見かけたら、声を掛けてやってください。

二十四歳緑化計画

投稿が滞っていた。

毎日新しい人と出会い、刺激的な生活だったので書き記す時間が無かった、なんて言いたいところだが残念ながらそうではない。

相変わらずな生活だった。暮らしは平凡の繰り返しだ。仕事へ行き、買い物へ行き、飯を食べ、眠る。時々散歩に出たり、映画を観たり、古本屋に向かう。細かい部分は日々違えど、まあ大体のベースは同じだ。

そんな日々なのだが、ここ最近、何年も会っていなかった友人知人からの連絡が不思議なくらい続いている。

誰も皆、連絡を取りあうのは三・四年ぶりで、お互いの生活や状況は以前とは全く違っていた。実際に会って話ができた人もいるし、遠方の人とは朝まで長電話をしたりした。ＳＮＳで繋がっているだけでは、分からないことばかりだった。

私は、絶望的に友人が少ない。多分私の人格にかなり問題がある。

それでも私の話を聞き、関わってくれている数少ない人たちのことを私は大好きだし、ずっと大切にしたいと思う。

深夜、唐突に電話を掛けてくる友人がいる。その頃大体眠っている私は、着信で目を覚ます。どうしたの、と暫くなんでもない話をして、「君と話していたら大丈夫になった」と伝えられ電話を切る。

私は、自分から連絡をすることがとんでもなく苦手だ。迷惑かもとか忙しいだろうとかぐるぐる一人で考えて、結局噛み殺してしまうことが多い。

それでも、ここ最近いろんな人から「話そう」「久しぶりに会いたい」と言われ、私は本当に嬉しかった。

会おうと言われるのも、深夜に着信で目を覚ますのも大歓迎だ。大切な人たちから声をかけられるというのは、こんなにも嬉しい。

――――

「ノルウェイの森」という小説に緑という女の子が登場する。さっぱりしていて、自分の意思をはっきりと伝える、好感が持てる素敵な子だった。そして、そんな彼女から学ぶべき点は多かった。

彼女には、「私のために付き合いなさいよ」というようなちょっと強気で強引なイメージがある。でも全く嫌じゃない。それはきっと、その強気の態度や言葉の中に垣間見える可愛らしさというか、茶目っ気に惹かれるからなんだと思う。そうやって、ユーモアという武器を器用に使いこなしながら、彼女は自分の望みに近づいていく。

そうだ、このやり方だ。

私はいつもガチだ。なんの面白みもないガチだ。相手に真正面から体当たりして、自滅して終わる。タイミングもやり方も全て間違える。そしてガチになった私はありえないくらい挙動不審になるので、相手に引かれるというおまけまでつく。踏んだり蹴ったりだ。

緑に学んだ処世術で、まずは大切な友人たちに、会いたいと伝えられるようになりたい。そしていつか、気になる男の子に「ちょっと付き合いなさいよ」なんて言えるようになったらいい。

東京-sideB

東京は、日本で最も死の入り口に近い場所だと思った。好きだった人はその街で入り口を見つけ、死んだ。

一体それがどのようなものなのか分からない。ドアなのか、穴なのか。何色なのか。姿形はひとつではないらしいが、どの情報も定かではない。ただひとつ明らかなことは、それを見つけた人々は、もう二度とかえってこないということだった。

私は入り口を探しに出かけた。その街へ行き、それを見つけ出せば、彼女が死んだという現実を嫌でも飲み込める気がした。

私は路地や木の影、川底を覗き込み、街ゆく人に尋ねた。

「死の入り口を知りませんか。できるなら、あの人が入った入り口がいいのです。」

人々は、何も答えなかった。

綺羅星で居てくれよ

W杯に沸く世の熱狂にもついていくことができず、私の十一月は静かに終わろうとしている。

静かに？　静かにではない。荒れ狂っている。

また調子がよくない。こういうのはサイクルなので抗っても仕方がないのだ、と思い込もうとするも、実際はやはりくるしい。毎夜ひとりで泣き喚き、眠れない日々だ。少し寝入っても、嫌な夢にうなされてすぐに目が覚める。だいじょうぶになるプレイリストを作って、わたしはだいじょうぶだと言い聞かせるように聴く。お湯を沸かし、仕送りで貰った粉末のコーンスープを飲む。敢えてだまをつくるため、あまりかき混ぜない。あまくてしょっぱい。だまこそコーンスープの醍醐味だと信じてやまない。小学生の頃から変わらない、ひとつのわたしのこだわり。からだが温まると自然と気持ちはほどけてゆき、すこしずつ眠くなる。そうやって最近のわたしは夜を越えている。

空を見上げることが増えた。

晩秋の夕暮れの空は本当に、穏やかな気持ちにさせてくれる。日差しが柔らかいとは、こんなに幸福なことか。これでもかというほど鮮やかに染まった樹々の葉は、そのいのちを見せつけるように生きている。散っても美しいのか、きみたちは。羨ましいね。

こんなに綺麗だっただろうかと思っていると、わたしは昨年のこの街のこの季節を知らないことを思い出す。

昨年のわたしへ。

一年後、大好きな街に戻ってきて、なんとか生活できていますよ。今のわたしより。

だいじょうぶになるプレイリストに入っている、とても大切な一曲を置いていきます。

わたしはわたしの人生を、二十代まででいいなあとずっと思っているけれど、それでも、こんなことばを書けるようになるのなら、二十代のその先を生きてみたくなります。

そんな歌です。

暮れの雑記

年の瀬です。

近所のスーパーも街も、クリスマスの飾り付けで溢れている。マライヤキャリーが世界をジャックする季節ですね。二十四・二十五日まではケーキだチキンだなんて騒いでいるのに、翌日にはあの赤や緑の装飾は一掃され、餅だ餅だと言いはじめる。売れ残ったサンタたちは、割引シールを貼られ隅に追いやられる。掌返しもいいとこ。薄情。

家計が苦しい状態を「火の車」と例えるけれど、それはどういう状態なんだ。まさに燃えている、それを火消ししようとしている最中という感じか。

それでいうなら、もううちの家計は全焼だ。

毎日見切り品の野菜と、徳用パックのいちばん安い肉で鍋を作って食べている。最近飽きてきた。何か安くて美味いものがあれば教えてください。

夏はもやしばかり食べていたのだが、京都の殺人的暑さのため途中ぱたりと倒れてしまった。結局病院送りになり高くついてしまうなど。ダメですね。ごはんはちゃんと食べなければいけない。

音楽、映画、本には絶対にお金を削らない我慢しないというポリシー、死ぬまで曲げたくない。

日々日銭を稼ぐ。生けず殺さず♪

おまえたちに心だけは殺されてなるものか。

どうかあたたかい場所にいてください。

いちご氷の牛乳がけ

最近友達と、「いちごのかき氷に牛乳ぶち込んで食べると美味いよね」という話になった。

あれは美味いよなあ。

私は生粋のお婆ちゃんっ子で、共働きだった両親に替わって母方の祖父母に育てられた。

幼い頃は朝から晩まで一日中祖母の家で過ごしていたのだが、夏になると本当によく食べたものだ。

当時私が食べていたいちご味のかき氷は袋に入っていて、長方形の形をしていた。確か表には、赤文字の力強い書体で馬鹿でかく「氷」と書かれてあって、その下には大きく波打った海の絵が描かれていたような気がする。

その袋に直接、牛乳を注いで食べるのだ。

牛乳をかけた部分は少しずつ凍っていって、白い膜が張ったようになる。

そこをスプーンで削りながら食べる。

袋の中で溶けてしまった氷は牛乳と混ざりあっていちごミルクになって、最後まで楽しめる。


おやつに祖母と二人でよく食べた。

ＮＨＫのお昼のニュースを観ながら二人で昼食をとり、朝の連続テレビ小説の再放送を鑑賞。
そのあとは上沼恵美子のおしゃべりクッキング。（祖母は大体このタイミングで昼寝）
そして徹子の部屋へ。

あの誰もが口ずさめてしまうオープニングテーマを聞きながら、徹子の部屋から見える外の景色はいつも同じだけどはめ込みかな、とか、徹子の頭には飴玉が入っているらしいけどほんとかな、とか思いながら、私もうとうとし始める。

九州の夏は暑いけれど、当時はまだ扇風機やうちわだけで過ごせていたし、二階の窓を開けると、風は居間へと降りてくる。それがとても気持ちよかった。

夕方が近づくと、大抵祖母は夕飯の支度をしていて、私はその音や匂いで目を覚ました。

夏は畑で獲れる西瓜もおやつとしてよく食べたのだけれど、私はこのかき氷も好きだった。

もう二十年近く前の出来事なのに、こんなにも鮮やかに思い出せてしまう。

そんな祖母も、私が二十歳の時に亡くなった。成人式にはあと二日、間に合わなかった。

もう何年もあれをやっていない。

ふいにいちご氷が食べたくなり、近所のファミマまで走る。

最近食べるアイスといえば、専らバニラとかチョコとか、そういうものばかりだったからかき氷なんてあったっけなあと思いながらとりあえず向かう。

あった。

今ってカップに入ってるんだなあ。それとも土地柄？　まあいいか。よく見ると底に練乳が入っている。これは大変だ。

おいしい牛乳とともに購入。

早速かき氷に牛乳をかけてみると、やっぱりそれは当時と同じように白く凍っていって、なんだかそれを見ただけで私は泣きそうになってしまった。

あの暑さも、蝉のうるささも、激しい夕立も、退屈だった日々も。それはとても尊く、もう二度と触れることができないことも、全部知っている。

祖母は居なくなり、私は地元を離れた。
あの日々との繋がりはほぼ消えた。
そんななかで、当時と今を繋ぐ点を見つけたような気がした。

かき氷に牛乳かけて泣いてる女、多分どこ探してもいないと思う。

祖母の時は止まり、私の時は進み続けている。その距離は一日一日広がっていく。
どうしても縮めることができない。
それでも、進み続けるしかないのだ。

私がそっちにいったらまた一緒に食べよう。

あとがき

「夜明けの先に待つものはひかりかどうかわからないけど」ということばは、あるライブ映像の鑑賞中に浮かんできたものです。

何となくいいなと思いそのまま泳がせていたことばですが、タイトルにしようと決めた決定的なできごとがありました。

それはある動画サイトで、自殺配信の映像を見たことでした。その映像には、自宅で何度か首吊りを試み、動画の最後には完遂してしまう男性の姿が写っています。宙に浮き動かなくなった彼の背景で、皮肉にも空はだんだんと明るくなってゆき、朝になったところで動画は終了します。

苦しみからの脱出を人はしばしば夜明けという言葉で例えますが、その先にあるものは必ずしも明るいものではないのだと思い知らされた瞬間でした。努力は必ずしも報われないという経験は何度もしてきたけれど、人生という大きな出来事に対しても同じことが言えてしまうのかと、絶望に近い何かを感じました。そしてつくりものでない、生の人間が息絶える瞬間を初めて目の当たりにしたとき、私はあのことばをタイトルにしようと決めました。

本作は、二〇二二年六月からｎｏｔｅというアプリ上で私が書き溜めていった記事の総まとめ的作品です。

私の中にかろうじて残っているポップさをかき集めて書いた作品から、地の底にいた時に書いた作品まで、振り幅はありますが、どれも私のままで書いたものです。

お手にとってくださったあなた、本当にありがとう。

秋生苑

生活へつづく

秋生　苑（あきう・えん）

1998年大分県出身。京都府在住。エッセイスト。甲南女子大学人間科学部文化社会学科卒。2022年より執筆活動を始める。本作が初の作品集となる。

夜明けの先に待つものはひかりかどうかわからないけど

2023年2月28日　初版発行
2024年2月15日　第3刷発行

著　者　秋生　苑

発　行　リトルズ
〒606-8233 京都市左京区田中北春菜町26-21
電話 075-708-6249　FAX 075-708-6839
E-mail info@littles.jp　https://www.littles.jp
発　売　小さ子社

ISBN978-4-909782-68-7